이것도 저것도 모두 나의 모습입니다

延 series

음악동네
아르볼

송영우

책 선물

책은 포장이고,

안에 담긴 감정들이 선물입니다.

제가 느낀 것들이
비슷하게나마 전해졌으면 합니다.

아침놀

저녁놀

작은 손길로 마음이 전달되는 것은
비단 사람과 사람의 관계에서만 해당
되는 것은 아니다

때로는 어떤 사물이
사람의 마음과 손길을 머금고 있다

than

can say

빗소리

"오늘의 빗소리는 와인 따르는 소리를 닮았네요"

갑작스러운 소낙비에 몸을 피하려 들어온 와인 가게에서
당신은 내게 다시금 빗소리를 건네왔다.

흠뻑 젖기에 충분한 스페인의 어느 저녁이었다.

벨벳

검은색의 짧은 솜털들은 매끈한 윤기를 품고 있다. 손길에 흩어진 결을 따라 각양의 빛을 내뿜는다. 고급스러운 벨벳이 손끝에 닿자 부드러움이 전해져 온다. 누군가 살랑살랑 기분 좋게 간지럽히는 듯하다. 최근 며칠간 느꼈던 런던의 쓸쓸함과 우울함을 어루만져 주기에 충분한 따뜻함이 전해진다.

마음속 감정을 온전히 언어만으로 명확하게 전달하기란 쉽지 않다. 무뚝뚝함을 당연시 여겨온 소위 '경상도 남자'에게는 더욱 그러하다. 중요한 자리에서 의견을 말해야 할 때, 혹은 내 불찰이 아닌 일에 대해 억울함을 호소해야 할 때, 당장 하고 싶은 말들을 하지 못하는 경우가 다반사였다.

다 지나간 후에야 상황을 곱씹고 해야 했던 말들을 되뇌며 후회를 반복할 뿐이었다. 가장 본능적이고 원초적인 사랑의 감정 역시 마찬가지였다. 누군가를 향한 마음을 온전히 전할 방법을 알지 못했고, 함께 하는 동안에도 속내를 내비칠 줄 몰랐다.

그나마 다행인 것은, 비루한 언어능력을 보완할 방법을 이미 내가 알고 있다는 것이다. 기억을 뒤져보니 감정이 말로만 표현되는 것은 아니었다. 속이 아플 때 배를, 머리가 아플 때 이마를 쓰다듬어 주는 것은 좋은 처방이 되었다. 말하지 않아도 온전하게 피부를 통해 전해지는 따뜻하고 포근한 마음의 처방.

이 작은 사실을 뒤늦게나마 알게 된 이후, 낯간지럽지만 한 번이라도 더 피부를 맞닿아보려고 열심히 애를 쓰기 시작했다. 무뚝뚝한 줄로만 알았던 아들의 변화에 어머니께서는 환하게 웃으셨고, 아버지는 아직 어색한지 금방 떨쳐내려고만 하셨다. 나를 보면 늘 안고 싶어 하셨던 할머니에게는 내가 먼저 다가갈 수 있었고, 혼자 멀뚱히 서 계시는 할아버지의 손이 크다는 사실도 비로소 알 수 있게 되었다.

작은 손길로 마음이 전달되는 것은 비단 사람과 사람의 관계에서만 해당되는 것은 아니다. 때로는 어떤 사물이 사람의 마음과 손길을 머금고 있다. 나에겐 이 식당에서 마주한 검은 벨벳의 따스한 촉감이 그러했다.

　　하드커버 위로 음각으로 새겨진 이름, 셰프라는 단어 위에 있는 3개의 별. 각진 검은색의 묵직함이 하얀 턴테이블 위의 모든 것을 압도한다. 하지만 겉면을 잘 감싸고 있는 벨벳을 타고 전해져 오는 포근함에 책을 펼쳐보지 않아도 그 속에 무엇을 담고 있는지 이미 알 것만 같다. 이 집의 주인공은 미슐랭 3스타의 음식도, 고든 램지의 명성도 아닌, 마음을 어루만져 주는 따스함이었다.

물들다

창밖의 하늘은 온전한 파란색으로
나무는 샛빨강과 샛노랑으로
물드는 계절이 왔습니다.

설레었던 봄,
뜨거웠던 여름이
우릴 지나갔다는 것이겠지요.

나도 당신에게,
당신도 나로 인해
물들고 있습니다.

Y

지금 이 순간이 지나고 나면
참 추운 나날들이 계속될 겁니다.
그때를 위해 좀 더 물들었으면 합니다.

당신의 색이 나에게,
나의 색이 당신에게
짙게 물들 때까지
서로를 부비고 나면

낙엽이 지고
그 위로 하얀 눈이 덮인 날들도
아무렇지 않은 듯이 보낼 수 있을 테니까요.

물이 든다는 말,

참 따스한 말입니다.

그 사랑

그날 우리 사이를 채운 것은 사랑이었다. 남녀 사이 타오르는 욕정적 사랑이 아닌 모성애에 가까운 무조건적인 믿음과 응원. 1분 남짓한 짧은 길이에 잡음이 섞인 투박한 연주곡. 당신이 보내온 건반 선율 속에는 그 사랑이 담겨있었다.

그날 당신의 그 조막만 한 손으로 어루만진 것은 희고 검은 막대로 이루어진 악기가 아닌 내 마음이었다. 나는 밤새 그 손길에 안겨 펑펑 울었다.

우리가 다시 만난 곳은 5년쯤 지난 후, 독일의 어느 시골 마을이었다. 유난히 올라간 입꼬리와 하얀 치아, 인상적인 눈웃음을 가진 당신과 참 잘 어울리는 포근하고 한적한 마

Y

을이라 생각했다. 그곳에서 만난 당신의 얼굴은 여전히 웃음으로 가득했다. 그 모습에 여전히 나도 마음이 따뜻해져 웃음을 내보였다.

맞지 않는 옷

한창 외형에 신경을 쓰기 시작할 무렵, 종종 맞지 않는 옷을 사곤 했다. 미묘하게 작거나, 오버핏이라 하기에도 뭔가 어색한 그런 옷. 기어코 사서 한두 번쯤 몸을 밀어 넣어 보지만, 결국엔 어디 넣어뒀는지조차 잊어버리는 그런 옷.

우리가 만난 것은 내가 그 한두 번의 시도를 한 날이었다. 조금 큰 나의 옷과는 달리 딱 맞던 너의 옷, 그 옷이 좋았다.

그 옷에 딱 맞는 네가 좋았다.
그렇게 너에게 딱 맞는 내가 되길 원했다.

Y

너에게 다가가기 위해 무던히도 애를 썼다. 나의 하루는 너에게 보내는 "잘 잤어?"와 "잘 자!"로 시작과 맺음을 하였고, 충무로 어느 극장에서 함께 본 영화와 홍대 어딘가에서 들려오던 음악은 우리의 이야기가 되었다. 그렇게 우리 사이를 채우고 좁혀가길 반복했다.

다른 누군가에게 썸이라 불렸을 너와 나 사이,
과함과 부족함 사이 아슬아슬한 줄타기,
그리고 그 많은 썸들처럼 더 이상 좁혀지지 않던 거리,

우리의 인연은 그렇게 흩어졌다.

사랑을 알아가기 시작할 무렵의 만남,

어린 날의 추억으로만 남은 감정,

너에게 난,

나에게 넌 맞지 않는 옷이었던 걸까.

마음

그날의 내가 그리울 때
꺼내볼 수 있는

그런 마음이 여럿이었으면 좋겠습니다.

꽃마음

당신은 꽃말이 무엇이냐 물었고,

나는 내 마음을 담았다고 답했습니다.

가이드

봄이 여름이 되어가는 과정의 어느 날, 잎이 울창한 나무가 인상적인 광장에서 우리는 재회했습니다.

당신이 즐겨 찾는 노천 식당에서 내리쬐는 햇살과 함께 점심을 먹었고, 느즈막한 오후에는 당신의 테라스에 앉아 선선한 바람을 안주 삼아 술도 한잔했습니다.

당신이 지내온 한 시절을 내게 내어주었던 그곳,
나에게 그곳은 당신이었습니다.

Y

사람 냄새

사람 냄새를 좋아한다.
한 사람의 냄새는 그 사람의 시간을 담고 있다.

오늘 점심엔 무엇을 먹었는지,
온몸에 땀이 날 만큼 바쁜 하루였는지,

내가 함께하지 못한 시간의 기억은
코를 타고 들어와
내 마음속에 머문다.

기대

그때

나의 하루는

나에게서 하루만큼 멀어지고 있었다.

Y

다시

나로 돌아오기 위해서는

하루보다 더 많은 시간이 필요했다.

마중

1월의 첫날에는 해를, 3월의 어느 날에는 봄을 맞이하려 우리는 떠납니다.

군이 찾지 않아도 몇 시간, 며칠이 지나고 나면 자연스레 다가올 것들을 우리는 조금이라도 빨리 보겠다며 서두르곤 합니다.

그것들과 함께 하는 순간들이 얼마나 소중한지 알기 때문이겠지요.

Y

오늘 나는 당신을 맞이하러 기차역에 나와있습니다.

저 멀리 사람들 사이로 당신이 빛나고 있네요.

초콜릿

입안 가득 퍼지는
부드럽고
달콤 쌉싸름한 그 맛이
내 마음과 닮았습니다.

내가 당신에게
초콜릿을 선물한 건
그런 의미입니다.

2월의 한 가운데에서 봄과 당신을 기다리며.

술자리

성인이 된 이후로는 어느 자리에서건 술이 빠지지 않았다. 수업 끝나고 한 잔, 오랜만에 모여서 한 잔, 그냥 별일 없이 한 잔. 그렇다고 술이 좋은 것은 아니었다. 술의 힘을 빌려 아픔을 견뎌내거나, 하지 못했던 말들을 전하는 것도 아니었다. 그저 내 사람들과 함께 하는 그 자리가 좋았다.

하지만 아이러니하게도 시간이 흘러감에 따라 늘어가는 것은 술자리가 아닌, 이별이었다. 서로가 각자의 삶의 방식을 택하면서, 평생을 볼 것 같던 친구도, 그리 나쁘지 않았던 관계도, 다들 그렇게 서서히 멀어져 갔다.

잃는다는 것, 그것은 나이가 든다는 것의 또 다른 의미였다. 다행히 아주 가끔 우연한 계기로 잃어버린 것들을 되찾는 경우가 있다. 시간의 공백을 넘어 맞닿은 연락에는 어색함, 쑥스러움 따위의 것들이 먼지처럼 쌓여있는 반가움이 가득하다. 오랜만에 만나 서로가 없던 시간의 이야기를 하고, 잠시 아무 말 하지 않고, 다시 함께였던 시간의 이야기로 이어지는 그 자리는 아주 오래도록 술잔을 털어내기에 충분하다.

나이가 든다는 것, 그것은 우리 사이의 담금질을 의미하기도 한다. 그때가 오기를 바라며, 나는 오늘도 이별의 순간에서 술자리를 펴고 너를 기다린다.

5월

당신의 손을 잡고 걷기에

좋은 계절입니다

그런 사람

당신은 내게 그런 사람입니다.

따로 말하지 않아도 내 입맛을 잘 아는 사람,
함께 밥을 먹으면 밥이 아닌 나를 더 신경 쓰는 사람,
별것 아닌 밥상머리 이야기에
자기 일처럼 고개를 끄덕여주는 사람,

남들에겐 내보이지 못할 속내를
맘 편히 툭툭 털어놓고
다른 사람에겐 비밀이라는 당부를
따로 하지 않아도 되는 사람,

Y

이토록 작고 사소한 일들이
특별해지는 그런 사람,

나도 당신에게 그런 사람이면 좋겠습니다.

시간이 지나야 비로소 보이는 것에 대하여

하루에도 몇 번이고 당신이 싫었고, 또 그마만큼 좋았습니다. 자식은 낳은 순간부터 떠나가는 존재라 누군가 말했고, 얼굴도 알지 못하는 그 누군가의 말에 나는 더없이 충실한 아이였습니다.

언젠가 뒤돌아봤을 때,
당신은 생각보다 멀리 있었습니다.

떠나는 것은 오롯이 나의 몫이라 생각했는데, 늘 제자리일 줄 알았던 당신 역시 하루씩 멀어져 가는 존재였습니다.

서로를 가슴 아프게 하고, 또 그 상처를 보듬어주며, 우리는 그렇게 매일 이별하고 있었습니다.

신발

봄비가 내리던 4월의 어느 날,
닳고 닳은 신발 밑창 너머로 마침내 빗물이 들어왔다

우리가 처음 만나고 얼마 지나지 않아
네가 나에게 선물해 주었던 신발이었다

연인 사이에 신발 선물을 하면 떠나간다는
일면식 없는 누군가가 말하는 속설 대신
너는 나를 믿는다 말해주었다

흠뻑 젖은 발에도 마냥 행복한
우리의 봄이었다

Y

방법

세상 가장 큰 슬픔을 표현할 방법을 찾고 있습니다.

당신의 입에서 나온 사랑한다는 말에

더 이상 온기가 느껴지지 않을 때

내 마음을 표현할 방법을 찾고 있습니다.

나의 푸른 봄을 함께 한 당신에게

살면서 우리는 참 많은 것들과 이별합니다.

어릴 적 매일같이 붙어 다니던 친구들과는 어느샌가 이별했고, 나이가 들면서는 사랑하는 이와의 가슴 아픈 이별을 합니다.

좀 더 시간이 지나고 나면, 그 이별의 기억과도 이별하고, 그렇게 나의 한 시절과 이별하게 됩니다.

이 모든 이별에 충분히 슬퍼하고 애도하고 싶습니다. 나의 어느 한순간을 온전히 함께한 것들이 지나가는 자리에 어떤 후회가 남지 않기를 소원합니다.

계절

언제부턴가 5월의 끝자락을 여름이라 부르고,
11월의 초입도 겨울이 되어버렸다.

봄의 향긋함과 가을의 선선함은 금세
지나가버리는 것이 마치 사는 것과 같았다.

빈집

시작은 어머니의 외할아버지였다. 돌아가신 뒤 맞은 첫 명절에는 잠시 자리를 비운 건가 생각했고, 몇 번의 설과 추석이 지나고 나서야 그것이 잠시가 아님을 자연스럽게 알게 되었다. 늘 두 분이 함께 계시던 안방에는 어머니의 외할머니가 홀로 앉아있는 낯선 풍경이 찾아왔고, 그것이 채 익숙해지기도 전에 다시 한번 죽음은 찾아왔다.

마지막으로 그 집을 찾은 적이 있다. 사람이 떠난 공간을 나는 그때 처음 마주했다. 스무 평이 채 되지 않는 이곳에 한때 아홉의 식구가 살았다고 한다. 신혼부부 두 사람이 처음 들어와 아이를 낳고, 그 아이가 자라 다시 자신의 가족을 만들고, 또 다른 아이가 태어나는 일련의 과정이 이 집에 있었다. 신혼부부였던 두 사람이 어느새 아버지, 어머니가 되고, 할아버지, 할머니가 되어 아이들의 출가를 맞이하는 순간이 있었다. 수십 년간 끊이지 않았던 밥 짓는 냄새와 대화 소리가 있었다.

그리고 마침내 처음으로 고요함이 이 집에 찾아왔다. 나는 슬픔 대신 안도했다. 기나긴 세월 동안 제 몫을 다한 집에게 안식을 줄 수 있어 다행이라 생각했다. 이 고요함이 우리의 만남과 삶, 헤어짐을 온전히 품어준 집에게 줄 수 있는 마지막 인사라 여겼다. 이제 편히 잠들 그 집을 위해 그곳에 있던 모든 것들을 깨끗이 비우고 나왔다.

얼마 전 고향에 내려가 오랜만에 그 집을 찾았다. 정확히는 그 집이었던 것을 찾았다. 스무 평 연립주택은 어느샌가 거름이 되었고, 그 자리에는 49층 아파트가 무럭무럭 자라나 있었다. 새롭게 태어난 집들을 올려다보며, 예전처럼 온전히 자신의 몫을 다해주길 나는 빌었다.

연보라

꽤 오랫동안 연보라색 꿈을 꾸었다.

연보라는 세상 모든 감정을 안고 있는 색. 열정의 빨강, 사랑의 분홍, 순수의 하양, 자유의 파랑, 낭만의 보라.

이것이 너의 색이라 생각하였다.

그렇게 나는 너의 검은색 한 꺼풀을 벗겨내고, 연보라색을 입혀주었다.
그것이 계속 니의 색이길 바랬다. 우리의 색이 계속 연보라이길 바랬다.

Y

그랬었다.

그건 그저 세상 수많은 색 중 하나일 뿐이었는데.
한낱 색일 뿐이었는데.

힘껏 눈물을 다 쏟아낸 후에야 깨어날 수 있었던

연보라색 그 꿈.

1월에서 2월로 - 뉴욕

　도로에는 노란 택시들이, 그 위로는 한없이 높은 빌딩들이, 아득히 줄지어 서있는 곳. 우리는 지금 뉴욕에 와있습니다. 이곳에서 우리는 날마다 도시의 안과 밖을 탐하고 있습니다. 하루는 어디에서 뿜어져 나오는지 모르는 하얀 수증기와 진한 아스팔트 냄새 사이를 걸어 다니고, 또 하루는 파란 하늘이 스며든 허드슨강을 따라 도시의 경계를 어슬렁거렸습니다. 중간중간 카페나 상점, 식당을 기웃거리기도 하며, 그렇게 소소한 일상을 살고 있습니다.

　지금 우리는 1월에서 2월로 넘어가는 경계에 있습니다. 도착하기 직전까지도 폭설이 하늘을 뒤덮었다는데, 한바탕 비워낸 후라 그런지 쾌청한 날들이 이어지고 있습니다. 두

Y

꺼운 패딩 속까지 파고드는 서울의 한파와 비교하면, 코트 한 벌로도 너끈한 날씨를 찾아온 것입니다. 뉴욕까지 날아온 데에는 별다른 이유는 없습니다. 단지, 이곳에서 내가 느낀 것들을 당신에게 전해주고 싶었습니다.

십여 년 전, 처음 이곳에 오게 된 것은 일종의 도피였습니다. 갓 스물을 넘긴 그때의 나는 이곳과 저곳 어디에도 없는 존재였습니다. 난생처음 고향을 떠나 서울에 올라왔고, 가족과 친구를 떠나 혼자가 되었습니다. 새로운 곳에서 난생처음 보는 사람들과 새로운 시작을 한다는 것은 내게 두려움이었습니다. 그렇다고 누군가에게 내 마음을 탁 터놓을 용기도 없었습니다. 마음속에 감춰둔 연한 속살을 드러내는 것이 싫었고, 나만 힘든 것처럼 칭얼대는 것도 싫었습니다. 그렇게 하루하루 마음이 곪아, 산다는 것이 힘에 부칠 때 결국 도망쳤습니다. 당장 내가 없다면 실망할 사람들이 분명 있었지만, 내가 살기 위해 나를 먼저 택했습니다. 무작정 다음 주 비행기 티켓과 위치도 정확히 알지 못하는 곳의 숙소를 예약했고, 조그마한 짐가방과 함께 훌쩍 떠났습니다.

특별한 것은 없었습니다. 그저 별일 없는 하루하루를 보냈습니다. 무작정 걷기만 한 날도 있었고, 무작정 앉아있기만 한 날도 있었습니다. 우연히 들른 식당이 마음에 든 날에는 그곳에서 하루 세 끼를 전부 해결하기도 했고, 비가 추적이던 어떤 날에는 그냥 창문 밖을 멍하니 바라보기만 했습니다. 도망친 그곳에서도, 별일 없는 시간들 속에서도, 나는 살고 있었습니다.

한가로이 거닐다 보니 어느새 어둠이 조금씩 밀려와 우리의 발끝에 서있었습니다. 퇴근길 꽉 막힌 도로 위를 옆에서 바라볼 수 있다는 것, 시간에 쫓겨 마음 졸이지 않아도 된다는 것, 이런 사소한 것 하나하나에서 오는 기쁨을 충분히 만끽했으면 합니다. 다시금 마주하기 힘든 지금 이 순간을 온몸으로 받아들였으면 합니다. 그리고 가끔의 삶에서 문득 힘에 부치는 순간이 올 때, 지금을 떠올렸으면 합니다. 그렇게 당신에게 미소가 되는 한순간을 선물하고 싶었습니다.

Y

3월

어깨를 짓누르던 압박감에서 조금은 숨통이 트이는 순간, 이제는 뭐든지 마음껏 할 수 있을 것 같은 나이. 그때의 나는 그때의 너를 만났다.

아직 겨울의 입김이 남아있는 3월의 어느 날,
처음 마주 잡은 손은
분홍빛 청춘이 다가오고 있음을 알려주었다.

Y

스무 살

카페 문을 열 때 들리는 종소리,
다가오는 시나몬 향과 빵 굽는 냄새,

스무 살의 난 그곳을 좋아했고,
스무 살의 넌 그곳을 좋아하는 나를 좋아했다.

그곳에는 우리의 스무 살이 있다.

첫사랑

누군가 첫사랑에 대해 묻는다면,
나는 당신을 떠올릴 것입니다.

단지 손을 한 번 잡기에도 많은 망설임이 필요하고,
말을 걸기조차도 쑥스러웠던,

모든 일이 낯설기만 하던,

참 오래전의 나와
그 곁의 당신을 떠올릴 것입니다.

Y

노래

열여덟, 당신을 두고 돌아오는 기차 안에서 듣던 노래
스물여덟, 모든 걸 두고 떠나는 비행기 안에서 듣던 노래

그 속엔 그 시절에 두고 온 내가 있었다.

봄비

나무는 꽃잎을 잃었고, 나는 너를 잃었다.

갈 곳 없는 마음들은 바람에 흩날렸다.

Y

배움

열 살이 넘을 무렵에도 여전히 나는 젓가락질을 배우고 있었다. 늘 말끔히 다린 셔츠를 입으시는 공무원 고모부가 나의 젓가락질 선생님이었다. 처음 젓가락을 잡을 때 잘못 들인 습관을 고치기 위해 고모부는 부단히도 애를 썼지만, 나의 젓가락질은 다시 원래대로 돌아오기 일쑤였다.

살아가는 데에 있어 꼭 필요한 많은 것들을 우리는 배움을 통해 얻는다. 기본적인 예의범절, 필수 교과과정으로 불리는 지식은 물론이거니와, 하물며 젓가락질 하는 법, 신발 끈 묶는 법조차도 말이다.

하지만 슬프게도 '사람'에 대해선 그 어디에서도 배울 수 없었다. 어떤 사람과 어떤 방식으로 관계를 형성해야 하는지, 어떤 상황 속에서 어떤 방식으로 사람을 대해야 하는지 하는 것들. 매일을 사람의 홍수 속에서 살아가는데, 정작 그것에 대해 알려주는 이는 없었다. 서점 베스트셀러 칸에 놓인 수많은 자기 계발서는 그 이름답게 '자기 자신의 계발'에 대한 이야기 뿐이었다. 몇 권의 자기 계발서를 끝으로, 내가 다시 그것들을 펼쳐보는 일은 없었다.

꽤나 시간이 흐른 뒤에야, 사람은 오직 사람을 통해서만 배울 수 있다는 사실을 알게 되었다. 흙먼지 날리던 놀이터에서 만났던 동네 아이들, 학교에서 만난 같은 반 친구들, 직장에서 만난 상사와 직원들. 모두 다른 모습을 지닌 존재이기에, 어디서도 그것을 정형화된 형태로 알려줄 수 없었다. 결국 나에게 필요한 것은 정립된 배움을 찾아다니는 것이 아닌, 사람을 찾아 내 스스로 그들을 알아가는 것이었다.

물론 시작은 실패였다. 학기 초, 말수는 적고 부끄러움은 많은 스스로를 이겨보려 사람들에게 먼저 다가갔던 일이 괜한 오해를 만들기도 했고, 단짝이라 여겼던 친구와의 대화가 선을 넘어 상처를 주기도 했다. 애인을 만나면 모든 상황에 과함과 부족함이 더하고 빠져 금세 끝을 보기도 했다.

다행인 것은 이런저런 실패들이 쌓이면서, 내가 배우고
자 하는 것들의 실마리를 얻을 수 있었다는 점이다. 상대방
이 불편하지 않도록 천천히 조심스럽게 관계를 시작하는 법
을 배웠고, 아무리 가까운 사이에서라도 하지 말아야 될 것
과 행여 잘못을 하더라도 사과하고 화해하는 법에 대해 알
수 있었다. 나의 배움은 그곳에 있었다.

지금도 여전히 고쳐지지 않은 젓가락질을 보며 생각한
다, 어서 빨리 더 많은 사람을 만나고, 더 많은 사람에 대해
배우고 싶다고. 행여 못된 습관이 배어버리기 전까지는 더
많은 실패 속에서 사는 것도 괜찮을 것이다.

마음이 마음 같지 않아

가끔 마음에 가뭄이 찾아온다
화마가 덮쳐 차있던 감정을
모두 앗아가버리는 그런 가뭄

그럴 때면 감정이 차올라
눈물로 흘러넘치던 순간이 그리워진다
그것들을 어딘가 따로 담아두었더라면 좋았을 텐데

그랬다면
지금 이 가뭄을 쉬이 이겨냈을 텐데

Y

그때도

그렇게 아파하지 않아도

괜찮았을 텐데

전화 한 통

마음속으로의 한 통
그것만으로도 충분했다.

그렇게 전화 한 통이면 된다.

감기

하필 태어난 날이 4월 어느 날이라,
하필 떠난 날이 10월 어느 날이어서,

환절기 감기처럼
그렇게 당신이 떠오를 것 같습니다

Y

장마

마음까지 촉촉해지는

그런 날들이 이어지고 있습니다.

봄

가끔 눈과 비가 내리고,
차가운 날들이 찾아왔지만,

결국엔 봄으로 기억되었으면 합니다.

나와 함께한 시간이 당신에게

수채화

한 장 사진 같던 기억이
이제는 한 폭 수채화 마냥 번져가

뒤돌아볼수록 더 흩어져
점점

Y

손

벚꽃 흩날리던 길을 걸으며,

집에 가는 마지막 버스를 기다리며,

같은 천장을 바라보며,

그렇게 손은 늘 입속에서 맴돌던 말을 대신했었지

사막

건조함이 극에 달해
공기 중에 떠돌던 수분마저 사라지게 되면,

밤하늘은 더욱 또렷이 빛난다.

세상에서 가장 건조하다는
남미 한가운데의 사막,

우리 사이를 막던 티끌마저 사라진 그곳에서
네가
더욱 선명해지고 있었다.

시절

황금빛 튀김옷의
바삭바삭한 일본식 돈까스가 즐비한 요즘

갈색 소스를 듬뿍 머금은
그 옛날 경양식 돈까스가 그리울 때가 있습니다.

Y

돈까스라는 단어만으로도 설레던 마음과
어머니의 손을 꼭 붙잡고 버스에 올라타
경양식집으로 향하던,

그 시절이 그리운 것이겠지요

사랑의 시작

그날,
 나는 당신의 이름을 내 손에 써달라 청했습니다.

당신을
사랑하게 될 것 같다는 마음이
들었던 날이었습니다.

Y

지금에 와서야,
나의 이름도 당신의 손에 건네줄걸,
하고 후회합니다.

그랬다면 나의 시작과 당신의 시작이
그리 멀지 않았을 텐데 말입니다.

당신이라 다행입니다

행여 보일세라 꽁꽁 숨겨둔 속마음

어쩐지 당신 앞에서는 자꾸만 풀어버리네요.

Y

옛사랑

그 시절,

나의 시간엔

네가 입혀져 있었다.

진눈깨비

시작은 버스정류장이었다. 온전한 눈도, 비도 아닌 것이 바람을 타고 처마 밑으로 날아들었다. 당신과의 첫눈이었다. 당신은 말했다, 그 차디찬 존재가 우리에게 닿아 녹아가는 것으로 우리 사랑의 온도를 눈으로 직접 확인했다고.

모든 것이 처음이던 그 계절, 우리는 계속 눈을 쫓았다. 애석하게도 유난히 춥지 않은 겨울이었다. 눈이 내리는 그 순간에 다시 한번 닿으려 부단히 애써보았지만, 번번이 실패했다.

마지막 눈이 내릴 것이라는 예보가 있던 그날도, 하늘에는 짙은 안개와 흩날리는 빗방울뿐이었다.

Y

당신은 못내 아쉬워했다. 우리의 온도가 높아 눈이 내리지 못한 것이라는 위로의 말을 건네면서도, 어쩌면 당신의 기대를 얹은 눈이 그 무게를 이기지 못한 채 비가 되어 추락한 것은 아닐까 생각했다.

　　다시, 올해의 첫눈이 운전석 앞 유리로 날아든다. 활강하던 진눈깨비는 유리에 닿아 파스스 부서진다.

바람

당신이 등을 돌리던 그 순간,
그제서야 잘못되었음을 깨달았습니다.

우리의 시작은 '당신이 나를 사랑했으면 좋겠다'라는 나
의 욕망, 우리의 마지막은 '당신이 나를 잊었으면 좋겠다'라
는 나의 이기심. 그런 나의 바람들에 당신은 이리저리 나부
꼈던 겁니다.

그제서야 당신이 준 것이 참 많았다는 것을 알았습니다.
내 주위에 항상 당신이 가득했는데, 덩그러니 비워신 그 허
공을 쓸쓸한 가을바람이 대신 차지하고 있었습니다.

Y

그제서야 끝인 걸 깨달았습니다.
그 한 글자가 머릿속을 가득 채웠습니다.

정신이 아득해져 다급히 창밖을 바라보았지만
이미 사라져버렸습니다.

마지막까지도
나의 바람에 저 멀리 흩어졌나 봅니다.

시간

사랑과

아픔과

추억과

나의 시간은 그렇게 차곡차곡 쌓여가고 있습니다.

일상

가끔 당신이 보고픈 순간이 있을 겁니다.

저 멀리 당신의 흔적이 보일 때,
지나가는 누군가에게서 당신의 향기가 날 때,
당신이 좋아하던 것을 먹을 때,

혹은 그냥의 일상 속에서

신도림행 열차

눈이 소복이 쌓인 어느 겨울날,
나의 발은 검은 눈물을 흘려가며 2호선 열차에 오른다.

이대,
신촌,
홍대,

우리의 이십 대를 담은 열차는 제 속도를 이기지 못한 채
이리저리 나부끼며 달려간다.

그것은 신도림행 열차,

채 더 가지 못한 채 끝나버린
우리의 이야기.

이 비가 그치고 나면

비가 오고 나면 참 많은 것들이 변합니다.

봄이 오는 와중에 내리는 비는
분홍의 꽃을 보내고 녹색의 새싹을 불러오기도 하고,

무더위가 언제쯤 지나가나 싶은 날에 내리는 비는
여름의 등을 밀쳐내고
으슬한 가을을 불러오기도 하지요.

지금 창밖에는
이번 장마의 마지막 비가 내리고 있습니다.

이 비가 그치고 나면, 이제 그만 비를 놓아주려 합니다.

비 오는 날의 눅눅함에 젖어
떠다니는 시간을 조금 덜 좋아하고,
비가 오면 생각나는 노래를 조금 덜 듣고,

그렇게 비가 오면
함께 떠오르는 당신을 조금씩 덜어내보려 합니다.

의자

당신이 앉아있던 의자,

온기는 어느샌가 흩어져 버렸다

나는 여전히 바라만 볼 뿐이었다

햇살

새하얀 외벽과
커다랗고 투명한 유리창이 인상적인 곳,
삼청동 초입에 있는 그 카페를 너는 참 좋아했다.

계절을 보낼 때면 우리는 늘 그곳에 있었다.

봄의 초입에서 봄비를,
여름의 중심에서 장마를,
겨울의 끝자락에서 함박눈을,

우리는 그 창을 통해 바라보았다.

Y

언젠가 홀로 그곳을 찾은 적이 있다.

유난히도 맑은 날,
쏟아지는 햇살에 조금 더 가까워지려
유리창에 어깨를 맞대었다.

창을 넘어 밀려드는
그 따뜻함과 포근함에

나는 다시금 너를 떠올렸다.

작자 미상

모두의 시선을 받는 다빈치, 렘브란트가 아닌
찰나의 힐끗거림만을 받던 작자 미상의 조각상

나와 닮았다고 생각해서였을까

마음에 가득 찰 때까지 한참을 바라보았다.

Y

B컷

모두가 별 사진을 가지러 간 그곳에서
카메라 뒤편에 있던 우리를 담아왔습니다.

무명

당신은 간판이 없는 그곳을 좋아했다
세상과 동떨어져 있는 그 느낌이 좋다고 했다
나는 아무 말 없이 고개를 끄덕였다

눈앞의 당신을 그리워지기 시작했다

Y

벚꽃과 당신

가장 분홍의 순간에

꽃잎처럼 떠나갔다.

다시, 봄

문을 열고 밖으로 나서는 그때,
어제와는 다른 온도의 공기가 다가온다.

당신을 보내고도 봄은 다시 오고 있었다.

기억

언제든

그곳에 가면
당신을 만날 수 있었다.

그 사실에 조금은 덜 슬퍼할 수 있었다.

버스

택시나 지하철보다는 조금 느리게,

창밖으로 지나가는 풍경을 온전히 마주하며,

가끔 행인들과 속도를 맞춰가며,

버스를 타는 일, 내게는 삶 같은 것입니다.

겨울

꿈을 꾸기에는 밤이 너무 짧아

잠 못 드는 날들이 이어지고 있습니다.

꽃

　당신과 내가 처음 만난 그날, 나는 잿빛을 품고 있었어요. 전혀 다른 삶을 살아온 당신과의 첫 만남에도 우리가 참 많이 닮아있다고 느낀 이유는 아마 같은 것을 품고 있었기 때문이겠지요.

　그날 밤, 나는 당신의, 당신은 나의 그것들을 끄집어내 저 멀리 던져버려주었어요. 고작 몇 시간의 짧은 만남, 벌써 당신이 그리워져 다시 어제 우리가 함께 했던 곳을 찾아갔어요. 당신 역시 돌아온 이유는 마음속 빈자리에 같은 것을 채워갔기 때문이겠지요.

　낯선 이 타국 땅에선 찾을 수 없던 맑은 빛.

해를 온전히 넘기고 나서야 우리는 다시 만날 수 있었어요. 당신이 그토록 바라던 이곳에서의 마지막 날. 오늘을 위해 나는 꽃을 샀고, 내게 당신은 피아노 연주를 들려주었어요. 악보 속 음표 따위가 아닌 온전히 당신의 눈물로 만들어진 그 곡. 당신의 속마음을 다시금 뒤덮은 어두운 것들을 남김없이 씻어내듯, 멈출새 없이 흘러내렸어요.

그 곡은 커다란 호수가 되어 이곳에 남을 거예요.

언젠가 당신이 이 호수를 찾아올 때, 나도 함께 찾아와 다시금 꽃을 건네도록 할게요. 내가 당신에게 건넨 꽃은 우리의 꽃이 되어 늘 호수와 함께 할 거예요.

추억

가끔의 밀물에 다시금 젖고
썰물에 다시 잊고 사는

Y

핑계

비는 쉴 새 없이 내려와 나를 두드려

그 소리에
공기에
순간에

네 생각이 문을 열어

초여름

여전히 선선한 바람이 불어오고 있습니다

아직도 애타게 붙잡고 있는 까닭일까요

공간

한날은 동대문에서부터 광장시장, 인사동, 북촌, 삼청동, 경복궁 뒷길을 한 바퀴 둘러 서촌 통인시장까지 걸어보았습니다. 평화시장에 불이 났던 그 다음날이었습니다.

늘 그곳에 있을 것이라 여겼던 것이 사라지고 있었습니다. 더 늦기 전에 서둘러 카메라 셔터를 눌렀습니다. 이렇게라도 붙잡아두려 합니다.

공간,
그것이 사라진다는 것은 참 슬픈 일입니다.

내가 그곳에 있었다는 사실이
사라지는 듯
마음이 아파옵니다.

이렇게 삶의 흔적들을 잃어버리고 있던 것이었습니다.

툭

툭
내뱉은 말이 먼 길을 돌아

툭
하고 나를 건드린다.

그렇게
툭
하고 터져버렸다.

Y

기다리다

눈빛,

향기,

목소리,

그런 당신의 조각을 양분 삼아

피어나길 기다리는 감정들이 여럿 있습니다.

안녕

어쩐지
만남의 의미보다
이별의 의미가 더 가깝게 느껴지는 단어입니다.

다시 만나기까지
많은 시간이 필요하지 않기를 부디 바랄 뿐입니다.

당신에게 가는 길

10분,

그 찰나의 순간을 위해

두 시간 남짓 시간을

버스에 앉아있던 날들이 있었습니다.

지하철

시선은 좌에서 우로 자꾸만 흐른다.

당신은 그저 핸드폰만 바라볼 뿐,

분명,

내 옆에 앉은 당신이

나로부터 멀어지고 있었다.

Y

이별

여전히

떨어진 것들 다시 올라올 줄 모른다.

발인

찬 바람이 품 속을 파고드는 날,

이런 날은 유독 하늘이 파랗다.

Y

약

그때의 내게 시간은 약이 되어주지 못했다.

그늘

나를 지켜봐 주는 당신이 있어

참 고맙고 다행이었습니다.

Y

제철

마치 과일이 그러하듯
너와 나 사이에도 제철이 있었다

풋사과의 싱그러움과 같은 첫 만남
점점 무르익어 제철에 다다랐고

제철의 끝물처럼 갈구하다
그렇게 보내버렸지

우도

파도가 해변에 부딪히는 소리,

그 사이로 들리는 아이들의 웃음소리와
그들을 부르는 엄마의 목소리,

처마 밑에서 들려오는 풍경소리,

마음을 잠재워주는 그런 소리들

라디오

나갈 일이 없던 날,
괜히 집에만 있기 싫어 주섬주섬 옷을 걸치고
문밖을 나선 날,
집 앞 버스 정류장에서 대충 아무 버스에 오른 날,
그렇게 너의 노래를 만났다.

좋아하는 노래라며 하염없이 흥얼거리던 노래,
가수도 제목도 모르지만,
그렇게 내 안에 차곡차곡 쌓였던 그 노래,

그저 평범했던 그날,
나는 그렇게 너를 만났다.

Y

마음이 추운 날

마음이 추운 날

당신에게 따뜻한 차 한 잔이 된다면

더할 나위 없이 좋겠습니다

무엇인지도 모르고

마주할 땐 알 수 없었던,

뒤돌아보았을 때 그제서야 어렴풋이 알게 되던,

하지만 돌아갈 수는 없던,

삶이 그랬고, 우리가 그랬다.

이별의 시간

마지막으로 당신을 안았다.

몇 개월 새,
앙상해져 버린 당신이 손에서 빠져나갈세라 꼭 쥐었다.

말라버린 당신이
바스러져 날아가 버릴까 나의 눈물을 더했다.

그런 나를 당신은 말없이 감싸주었다.

마중물

세상 모든 감정

그곳에 담겨있다

당신과의 대화

가끔 곱씹으면

그때 그 감정

나를 다시 감싸 안는다

당연한 것은 없다

나는 친구들과의 여행을 꿈꾸고 있었고,

당신은 가족의 안위를 걱정하며 꿈을 접고 있었다.

우리 모두 스물다섯, 청춘이었다.

Y

비바람

그해 봄의 초입에는 태풍이 불었다.

몰아치는 비바람에 창밖 풍경은
저 멀리 흘러가고 있었다.

비바람과 함께 겨울의 끝자락도
떠날 것이라 누군가 말했다.

그 비바람에 나의 겨울도 함께 날아가길,
나는 바랬다.

낮술

가장 달콤한 술은 역시 낮술이다.

낮술을 마실 수 있다는 것은
저녁을 생각하지 않고 행동할 수 있다는 것,
만사 제쳐두고 잠시 취할 용기가 있다는 것,
혹은,
지금 당장 가슴 답답함을 털어내고 싶다는 것,

그 모든 것들이 섞여 목구멍으로 함께 넘어가는
그 한 잔,

역시 가장 달콤한 술은 낮술이다.

Y

가을

꽃집을 스치는데
당신이 불어왔습니다

말

당신의 말은

당신의 마음에서 태어나

내 마음속에서 안식을 맞이했다.

향

당신의 것이

나의 것과 다르지 않아서

편히 마음을 내려놓을 수 있네요

비 오는 날

비 오는 날이 좋다.

마치 오랫동안 보지 못한 누군가를 만나는 것처럼, 비가 좋다.

눈을 뜨기 전부터 코로 들어오는 비 오는 날 특유의 그 묵직한 공기가 좋다.

평소보다 더 찐득한 그 공기로 온몸을 적시며 맞는 아침이 좋다.

잘 마르지 않는 머리를 뒤로 한 채, 보라색 우산을 들고 집을 나서는 순간이 좋다.

Y

흑백의 캄캄한 세상에 오롯이 나만의 보랏빛 안식처가
되어주는 너가 좋다.

우산으로 가려진 세상 아래로 보이는 발걸음들, 그 사이
로 너를 찾았으면 좋겠다.

그렇게라도 너와 같은 공간에 머무르면 좋겠다.

단단한 마음

마음이 단단한 그런 사람이길,

그런 사람이 되길,

바라고 바랬다.

Y

여전히 네가 남아있었다

네가 있던 자리에 남겨진

미안함과 고마움,
슬픔과 그리움,
약간의 시원섭섭함,

그것들을 다 털어내고도 여전히 네가 남아있었다

기일

.

올해도 눈이 내립니다.

가로등 불빛 아래로 희고 작은 것들이 흩날리네요.

작년 오늘,

강물에 흘려보낸 당신이 어깨 위에 소복이 쌓여 갑니다.

문상

신촌,
일산,
인천,
대구.

홀로
터벅터벅
돌아오는 길이 점점 길어지고 있습니다.

장례식장 - 죽음의 곁에서

빛바랜 흡연 금지 표식은
담배로 쓰린 속을 달래는 사람들에게
그 의미를 잃어버린지 오래고,

울음 금지는
표식조차 없으니
더더욱 아무 곳에서나 울고 있는 사람들을
막을 수 없었다.

안부 인사

당신의 시간처럼
며칠씩 생으로 굶는 그런 시절은 아니지만,
그래도 여전히
밥은 잘 챙겨 먹고 있는지가
가장 궁금합니다.

잘 지내고 계신가요, 당신

Y

보고싶다

뚝

뚝

뚝

앞으로도 계속 당신이 보고 싶을 겁니다.

그래도 다행인 사실은 마지막 당신의 모습은 미소를
품고 있다는 것입니다.

시차

나는 도망쳤다.

내가 알아들을 수 있는 말들로부터

나를 향해 던지는

말이 없는 그곳으로

Y

섭씨 0도

나는 차갑게 얼어갔고,

너는 점점 녹아갔다.

섭씨 0도,

우리는 그렇게 스쳐갔다.

마음을 눌러담는 일

오래전, 당신이 내게 보내온 반찬통

얼마 전, 당신이 병원 침대 위에서 건네준 요구르트

그리고, 지금 내가 당신에게 쓰는 편지

그것들이 그러했다.

짝사랑

너와 내가 다르다는 것을 알면서도

억지로 그렇게

너에게 밀어 넣어보았지

끝내 닿지 못한 채 떠돌아다닐 그 말.

사진

나와 당신과
우리의 순간을 품고
또 한 번의 겨울을
지나 보내려 합니다.

Y

한 곡 재생

내가 당신에게 전화를 걸 때마다 들을 수 있었던,
당신이 참 좋아하던,
그 노래를 반복해서 듣는다.

노래의 중간 즈음에서
당신의 목소리가 들리길 바라는 마음과
그럴 수 없다는 사실과 함께

별똥별

구름마저 잠든 밤,

하늘은 별을 흘렸고,

나도 눈물을 떨구었다.

호카곶 - 세상의 끝에서

세상의 끝인지,

혹은 시작인지 모를 이곳에서

나는 당신을 떠올리고 있습니다.

초승달

그 밤, 달은 두 팔 가득 하늘을 품어주었다.

달빛에 비친 나의 그림자도 당신을 향하고 있었다.

평행세계

오랜만에 뒤적인 사진첩에서 당신의 사진을 보았습니다.

그날의 우리는 대관령 너머 강원도 어느 바닷가에 있었지요. 사진 속 당신은 바다를 등지고 나를 바라보고 있었습니다. 나는 산을 등진 채, 당신을 담고 있었고요.

지금의 나는 파란 바다 앞에 선 당신을 손에 쥐고 있고, 아마 당신은 빨갛고 노란 단풍 앞에 선 나를 기억하고 있을 겁니다.

동전의 양면만큼이나 가까웠지만, 실은 완전히 다른 둘이지요.

그 닿을 수 없는 간극을 이젠 가늠조차 할 수 없네요.

Y

철새

떠나기에도

머무르기에도

모자란 그런 나입니다

12월 31일

때가 탄 인형과 빛바랜 반지, 그리고 몇 벌의 옷자락.
한때는 우리의 것들이었던 물건들을
꽤나 오랫동안 내 곁에 두었다.

한참의 고민과 아픔 끝에 너에게 전했던 헤어짐이기에,
너만큼 나의 시간을 함께 했던 물건들에게도
그런 정리의 시간이 필요하다고 생각했다.

몇 번의 계절이 지나고,
내 곁에 네가 없다는 것이
온전한 사실로 받아들여졌을 때,

나는 또 한 번의 이별을 했다.

Y

12월의 마지막,

덜컹이는 전철 밖으로 해는 아련히 저물고 있었다.

마지막의 마지막,

너를 온전히 보내고 돌아오는 길의 풍경이었다.

만남

눈을 뜨기 전부터 힘든 날이 있다. 밤새 잠을 설쳐서였을까, 자기 직전에 먹은 야식 때문이었을까. 눈꺼풀을 들어 올리는 게 세상 가장 어려운 날, 이대로 침대가 나를 삼켜줬으면 하는 날.

알람이 울리기 전부터 눈이 떠지는 날이 있다. 좋은 꿈을 꾸어서일까. 머릿속이 맑고 세상이 또렷하게 보이는 날, 왠지 좋은 일이 생길 것 같은 그런 날.

문을 열고 나가는 것은 새로운 세상을 마주하는 행위, 이곳과 저곳을 넘나드는 행위, 그것은 나에게서 너에게로 향하는 행위.

지금 나는 너에게 간다.

꿈

감독이 꿈인 한 친구는
영화의 첫 장면에 자신의 이름이 적히길 바랬고,

배우가 꿈인 다른 친구는
엔딩 크레딧에 자신의 이름이 오르길 바랬다.

우리 모두
그렇게 머리맡에 놓아둔 꿈들이 있었다.

별

당신으로,

나의 모든 순간이 빛나고 있었다.

기억 방울

택시 번호판에서 마주한 너의 번호,
순간 기억은 방울처럼 가슴 깊숙한 곳에서 올라왔지

수면 위로 올라오며 점점 커지는 기억에
어느 봄날 축제의 비눗방울 마냥,
다시금 너에게 불어볼까 하는 마음이 잠시 찾아왔고

너에게 채 닿기 전에
방울은 수면 위에 다다라
톡
하고 터져버렸지

아이스 아메리카노

누군가 아이스 아메리카노 한 잔을 부른다.
이미 열기에 그을릴 대로 그을린 커피콩은
다시 칼날에 부스러져 가루가 되고,
꽉 막힌 틀에 꾹꾹 눌러 담긴다.

그리고는 곧장
100도씨에 가까운 온도에 밀려 흘러내린다.

아래로
수르륵

눈물처럼,

어둡고 쓴 것이 흘러내린다.

그렇게 남김없이 다 쏟아낸 후에야,
비로소
차가운 얼음 물에
몸을 식힐 수 있는 시간이 찾아온다.

밀면과 돼지국밥

그해 여름, 우리는 부산의 어느 시장 골목에 있었습니다.

더위에 지친 나는 시원한 밀면이 먹고 싶었고, 당신은 그래도 부산에 왔으니 돼지국밥을 먹는 것이 어떠냐 했습니다. 우리의 고민을 바라보던 국밥집 이모는 대수롭지 않은 듯 무심하게 국밥 한 그릇을 내어주더니 곧장 건너편 밀면집으로 들어가 밀면 한 그릇을 받아다 주었습니다.

이리 간단히도 해결될 일을 왜 고민한 것인지, 우리는 크게 웃어버렸습니다. 더위에 지칠 때, 어찌해야 할지 모르는 고민들을 마주할 때, 나는 밀면과 돼지국밥과 웃음이 떠오릅니다.

Y

실타래

술술 풀리는 순간에는 그것이 당연하다 생각하고,
엉키고 꼬이면 자꾸 툴툴거리게 되고,
더 이상 풀지 못하면 끊어버리는,

결국 거기까지가 끝인,

우리네 인연은 실타래였다.

냅킨

너는 항상 무언가를 끄적이는 버릇을 가지고 있었다
생각이 떠오르거나, 생각에 잠길 때,

한참 동안이나 숙여져 있던 너의 고개가 올라올 때는
새로운 무언가가 태어나곤 했다

너는 그것들을 내 손에 꼭 쥐여주었고
나는 그것들을 조그마한 상자에 모아두었다

오늘은 상자 속 냅킨 한 장을 꺼내 보았다

'전부 괜찮을 거야'

Y

과거의 너는 위로의 말을 왜 하필 냅킨 위에 적었을까
아니면 꼭 냅킨이어야만 했던 것일까

그날의 너는 오늘의 나를 떠올린 걸까

여름비

뜨거운 수분을 머금을대로 머금은
한여름의 공기는 결국 비를 토해냈다.

그렇게,
한동안 매섭게 쏟아졌고

다 지나고 난 후엔,
아주 약간의 선선함이 찾아왔다.

마치 꾹 참다 터지는 울음 같았고,
마치 펑펑 울고 난 후와 같았다.

Y

신촌역 3번 출구

예기치 못한 비에
나는 다행히 우산이 있었고,

한 발짝 내딛는 그때
어쩔 줄 몰라하는 너와 눈이 마주쳤고,

우산 속만큼 꽉 찬 우리가 되었지

낮과 밤

하루는 캄캄한 어둠에서 깨어났습니다
아직 동이 트지 않은 것인지,
아니면
세상과 동떨어져 온전히 한나절을 보내버린 것인지,
알 수 없었습니다

나는 우리의 이별을 떠올립니다
우리의 마지막도 이런 어둠이었습니다

지난 날 만큼 이루어졌던 우리의 만남을 뒤로 한 채,
당신은 한 뼘 남짓 유리장 속에 자리했습니다

Y

그렇게
나에게는 다시 떠오를 낮과 저무는 밤이
당신에게는 더 이상 남아있지 않게 되었습니다

나는 그 낮과 밤들을 지나며
당신과 멀어지고
다시 당신에게로 향하고자 합니다

밤

가로등 불빛을 등진 채 한참을 걸었던 밤이 있었다

검은 내가 내 앞에 있는 것마저도
견디기 힘든 밤이 있었다

그럼에도 혼자 두고 갈 순 없어 함께 걷는 밤이 있었다

Y

산책

이제는 갈 수 없는
그 시간을 걷고 싶습니다.

한 단어

당신의 마음에 닿은
한 단어가 있다면

더할 나위 없이 좋겠습니다.

Y

삶과 기억을 여행하는 일

글을 쓰는 것이 제겐
그 간의 삶과 기억을 여행하는 일이었습니다.

이 여행을 당신과 함께 한 것이
참으로 기쁩니다.

앞으로도 함께
여행하길 소원합니다.

이것도 저것도 모두 나의 모습입니다   초판 1쇄 2022년 9월 29일

지은이   송영우
펴낸이   최대석
편집   최연, 이선아
디자인1   H. 이치카, 김진영
디자인2   이수연, FC LABS

펴낸곳   행복우물
등록번호   제307-2007-14호
등록일   2006년 10월 27일
주소   경기도 가평군 가평읍 경반안로 115
전화   031)581-0491
팩스   031)581-0492
홈페이지   www.happypress.co.kr
이메일   contents@happypress.co.kr
ISBN   979-11-91384-34-5   03800
정가   16,000원

이 책의 국립중앙도서관 출판예정도서목록(CIP)은
서지정보유통시스템 홈페이지(http://seoji.nl.go.kr)와
국가자료공동목록시스템(http://nl.go.kr/kolisnet)에서
이용하실 수 있습니다.

 Publisher's Note

Song Youngwoo

instagram

네가 번개를 맞으면 나는 개미가 될거야

장하은

Jang Haeun

네가 번개를 맞으면 나는 개미가 될거야

장하은

네가
번개를 맞으면
나는 개미가
될거야

출간 즉시 베스트 셀러

불안장애와 숨고 싶던 순간들,

소심하고 내성적인 아이에서 불안한 어른이 된 이야기

> " 너무 좋았습니다. 방에 불을 꺼두고 침대 위에 앉아 작은 태양 같은 조명 아래 있으면 이 책만 읽고 싶은 나날들이었습니다. 읽은 페이지를 또 읽고, 같은 문장을 반복하다가, 홀로 작가님의 글을 더 보고 싶어 책갈피에 적힌 작가님의 인스타에 들어가 보았습니다. 역시나 너무 멋진 분이셨어요. 제게 책을 읽고 먹먹해진다함은 작가가 과연 어떤 삶을 살았기에 이런 글을 쓸 수 있는 걸까, 궁금해지는 것을 말합니다. _ 북리뷰어 Pourmeslivres*님 "

그럴 땐 당황하지 말고 그것도 너의 감정이라는 것을 인정해 줘. 억지로 감정을 바꾸려고 하지 말고. 그 감정에 함께 머물러주며 그대로 표현하게 해보는 것도 필요하거든.
_ 본문 중에서

Jang Haeun

* 북리뷰어 Pourmeslivres는 인스타그램에서 진솔하고 적확한 도서 리뷰를 통해 수많은 애서가들에게 호평을 받고 있다. 인스타그램 @pourmeslivres

삶의 쉼표가 필요할 때

R edition

꼬맹이여행자

퇴사 후 428일 간의 세계일주

**여행에세이 1위
<삶의 쉼표가 필요할 때>
리커버 에디션으로 출시!**

이 책은 우선 여행기 보다 한 권의
아름다운 에세이 같았습니다
_ munch님

**출간 후 3년,
꾸준히 사랑 받는
이유가 있다**

**읽으면 꼭
소장하고 싶은
여행에세이**

인생을 알려주고...
(가격) 더 받으셔야 합니다. 책을 읽고
첫 장부터 진짜 울 것 같다가 감동 받았다가
예쁜 말들에 엄마 미소를 짓기도하고
너무 좋은 책이였어요
_ findyourmap0625님

Jang Youngeun

세상의 차가움 속에서도 따뜻함을 발견해내는, 여행 그 자체보다 그 여정에서 용기와 고통과 희열을 만나는 여행자의 이야기*를 읽고 나면 사랑하는 이들에게 구구절절 말할 필요도 없이 조용히 이 책을 거네**는 당신을 발견하게 될 것이다

*이병일 시인 추천사 중에서 **태원준 작가 추천사 중에서 / YES24 리뷰 중

사진 예술 요리

뉴욕, 사진, 갤러리 최다운

"깊이 있는 작품들과 영감에 관한 이야기들"

라이선스를 통해 가져온 세계적 거장들의 사진을 즐길 수 있는 기회! 존 시르, 마쿠스 브루네티, 위도 웜스, 제프리 밀스테인, 머레이 프레데릭스, 티나 바니, 오사무 제임스 나카가와, 다나 릭센버그, 수전 메이젤라스, 리처드 애버든, 로버트 메이플소프, 안셀 애덤스, 어윈 블루멘펠드, 해리 캘러한, 아론 시스킨드. 최다운은 뉴욕의 사진 갤러들, 그리고 사진 작품들의 매력과 이야기들을 생동감 있게 전해준다.

내 인생을 빛내 줄 사진 수업 유림

"사진 입문자들을 위한 기본기부터 구도, 아이디어, 촬영 팁, 스마트폰 사진, 케이스 스터디까지"

좋은 사진을 찍고자 하는 사람이라면 누구에게나 도움이 될 수 있는 지식과 노하우를 담았다. 저자가 사진작가로서 경험하고 사유했던 소소한 이야기들도 이 책만의 매력이다. 사진을 잘 찍기 위한 테크닉 뿐만 아니라 좋은 아이디어를 얻는 방법과 저자가 영감을 받은 작가들의 이야기를 섞어 읽는 재미를 더한다.

김경미의 반가음식 이야기 김경미

"건강식에도 품격이! '한식대첩'의 서울 대표, 대통령상 수상 김치명인이 공개하는 사대부 양반가의 요리 비법"

김경미 선생이 공개하는 반가의 전통 레시피
  하나. 균형잡힌 전통 다이어트 식단
   둘. 아이에게 좋은 상차림
   셋. 몸을 활성화시켜주는 상차림
   넷. 제철 식단과 별미음식
그리고 소소하고 행복한 이야기들

● 문장
X
문장

"손가락 사이로 미끄러지는 빛은 우리의 마음을 헤쳐 놓기에 충분했고,
하얗게 비치는 당신의 눈을 보며 나는, 얼룩같은 다짐을 했었다."
_ 이제, 『옷을 입었으나 갈 곳이 없다』 일부

"곁에 머물던 아름다움을 모두 잊어버리면서 까지 나는 아픔만 붙잡고
있었다. 사랑이라서 그렇다."
_ 금나래, 『사랑이라서 그렇다』 일부

"'사랑'을 입에 담지 말 것. 그리고 문장 밖으로 나오지 말 것."
_ 윤소희, 『여백을 채우는 사랑』 일부

● 경영 경제 자기계발
○ 리플렉션: 리더의 비밀노트 / 김성엽
　연매출 10조 원, 댄마크 '댄포스 그룹'의 동북아 총괄 김성엽 대표의 삶과 경영
○ 재미의 발견 / 김승일 **+ [대만 수출 도서]**
　"뜨는 콘텐츠에는 공식이 있다!" 100만 유튜브 구독자와 高 시청률 콘텐츠의 비밀
○ 야 너도 대표될 수 있어 / 장보윤 박석훈 김승범 주학림 김성우
　코로나와 경기침체는 스타트업 창업 절호의 기회. 전문가들의 스타트업 성공 메뉴얼
○ 자본의 방식 / 유기선
　카이스트 금융대학원장 추천도서. 자본이 세상을 지배하는 방식에 대한 통찰들

● 인문 사회 독서
○ 한 권으로 백 권 읽기(1~2)/ 다니엘 최
　이 시대에 꼭 필요한 명품도서 300종을 한 곳에 모아 해설과 함께 읽는다
○ 산만한 그녀의 색깔있는 독서/ 윤소희
　특색있는 소설, 에세이, 인문학적 사유를 담은 책들에 관한 독서 마니아의 평설
○ 독특한건 매력이지 잘못된게 아니에요 / 모기룡
　인지과학 전문가 모기룡 박사가 풀어내는 독특함에 대한 철학적, 인문학적 고찰
○ 가짜세상 가짜뉴스 / 유성식
　가짜뉴스의 발생 원인은 뭘까? 가짜뉴스에 대한 통찰력 가득한 흥미로운 여행

● 종교 정신세계
○ 모세의 코드/ 제임스 타이먼 **+ [리커버]**
　좌절과 실패를 경험한 이들을 위한 우주의 비밀들. 독자들의 성원으로 개정판 출시
○ 죽음 이후의 삶/ 디펙 쵸프라 **+ [리커버] 출간예정**
　죽음, 인간의 의식 세계, 영혼에 대해서 규명한 디펙 쵸프라의 역작
○ 4차원의 세계/ 유광호
　우리는 어디서 와서 어디로 가는가? 우주의 에너지 정보장, 전생과 환생의 비밀들

당신의 어제가 나의 오늘을 만들고 김보민

"사랑을 닮은 사람이고 싶었습니다."

너무 뜨겁지도, 너무 차갑지도 않은 보랏빛. 그 바이올렛 향을 뿜어내는 모든 이들을 위한 글들.『당신의 어제가 나의 오늘을 만들고』에는 오랫동안 망설여왔던 고백에 대한 순수함이 있고 사랑 앞에서 세계를 투명하게 읽어내는 아름다움이 있다. 만남부터 이별의 순간까지도, 사랑에 대한 희망을 문장과 문장 사이에서 만나게 해 준다. 얼어붙었던 마음도, 힘들었던 순간들도 어느 순간 따스하게 녹아 빛나게 해주는 책이다.

너의 아픔 나의 슬픔 양성관

"재미있는데 눈물이 나는, 웃을 수만은 없는 의학 에세이"

브런치 조회 수 200만, 그리고 포털사이트와 한국일보 등에서 사랑을 받은 빛나는 의사 양성관의 거침없는 이야기들. 지금까진 상상할 수 없었던 의사와 환자들의 이야기들을, 특유의 입담으로 풀어놓는 양성관 작가를 따라가다 보면 독자들은 웃고 있다가 어느 순간 울고 있게 될지 모른다.『너의 아픔, 나의 슬픔』은 웃음이 있지만 서정이 있고 삶에서 우러난 따뜻함이 있는 의학 에세이다.

오늘도 아이와 함께 출근합니다 장새라

"오늘도 독박 육아 당첨이다. 퇴근길. 나는 다시 출근한다."

"엄마로만 살건가요? 당신은 행복해야 합니다." 알고 있다. 그러나 좋은 엄마로 살아가면서 '나'로 살아간다는 것은 말처럼 쉽지만은 않다.『오늘도 아이와 함께 출근합니다』는 육아와 직장생활을 아슬아슬하게 오가면서 평범한 초보 엄마가 겪은, 때로는 울고 때로는 웃으면서 버텨낸, 잔잔한 이야기들과 사유가 담겨있다. 평범한 딸에서 평범하지 만은 않은 엄마를 통해 당신은 엄마와 아이들을 한층 더 깊게 이해하게 될 것이다.

그렇게 풍경이고 싶었다 황세원

"고요한듯 하나 소란있는 어느 여행자의 신비로운 이야기들"

출간 전부터 인스타그램을 통해 많은 이들에게 위로와 영감을 전해 준 황세원 작가의 에세이. 그녀는 '절대적인 것이란 없는 세상'에서 '정해진 것은 어제 뒤에 오늘이 있고 오늘 뒤에는 내일이 있다'는 믿음으로 세계와 마주한다. 그녀의 말대로 '여행은 평행 세계를 탐험하는 것'과 같다. 그 누구도 같은 이유로 떠나지 않기에 결코 같은 공간을 방문하지 못한다. 그러나 독자들은 그녀의 글을 통해 그가 수년간 걸어왔던 길을 함께 걸으며 우리 모두가 분명하게 공유하는 무언가를 찾게 될 것이다.

삶의 쉼표가 필요할 때 꼬맹이여행자

"낯선 여행지에서 이름 세글자로 살아가는 온전한 삶을 찾다!"

여행에세이 베스트셀러 1위를 달성하며 독자들에게 큰 울림을 준 꼬맹이여행자의 이야기 『삶의 쉼표가 필요할 때』, 리커버 에디션 출시! 신의 직장이라고 불리는 금융공기업을 그만두고 새로운 삶을 살아보고자 세계여행을 떠난 저자가 428일간 44개국에서 만난 다양한 이야기를 들려준다. 여행지에서 만난 이들의 삶과 철학, 세상을 바라보는 다채로운 시선, 그리고 사유의 깊이가 어우러져 만들어내는 잔잔한 감동과 울림들을 만나보자.

낙타의 관절은 두 번 꺾인다 에피

"26만명이 감동한 유방암 환우 에피의 여행과 일상"

'구름 없이 파란 하늘, 어제 목욕한 강아지, 커피잔에 남은 얼룩, 정확하게 반으로 자른 두부의 단면, 그저 늘어놓았을 뿐인데 걸음마다 꽃이 피었다.'
다소 엉뚱한, 어둠속에서도 미소로 주변을 밝혀주는 그녀의 매력은 어디서 오는 걸까. 절망적인 상황에서도 미소를 머금은 한 여행자가, 이제 겹겹이 쌓아 놓았던 웃음과 이미 세상을 떠나버린 이들과 나누었던 감정의 선들을 펼쳐 놓는다.

행복우물출판사 도서 안내

● STEADY SELLER
○ 사랑이라서 그렇다 / 금나래
"내어주는 것은 사랑한다는 말, 너를 내 안에 담고 있다는 말이다"
2017 Asia Contemporary Art Show Hong Kong,
2016 컬쳐프로젝트 탑앤탑스 등에서 사랑받아온 금나래 작가의 신작

○ 여백을 채우는 사랑 / 윤소희
"여백을 남기고, 또 그 여백을 채우는 사랑. 그 사랑과 함께라면
빈틈 많은 나 자신도 온전히 좋아하며 살아갈 수 있을 것 같다."
'채우고 싶은 마음과 비우고 싶은 마음'을 담은 사랑의 언어들

● BOOK LIST
○ 다가오는 미래, 축복인가 저주인가 - 2032년 4차 산업혁명
이후 삶과 세계 - 김기홍 ○ 길을 가려거든 길이 되어라 -
김기홍 ○ 청춘서간 / 이경교 ○ 음식에서 삶을 짓다 / 윤현희
○ 벌거벗은 겨울나무 / 김애라 ○ 가짜세상 가짜 뉴스 / 유성식
○ 야 너도 대표 될 수 있어 / 박석훈 외 ○ 아날로그를 그리다 /
유림 ○ 자본의 방식 / 유기선 ○ 겁없이 살아 본 미국 / 박민경
○ 한 권으로 백 권 읽기 I & II / 다니엘 최 ○ 흉부외과 의사는
고독한 예술가다 / 김응수 ○ 나는 조선의 처녀다 / 다니엘 최 ○
꿈, 땀, 힘 / 박인규 ○ 바람과 술래잡기하는 아이들 / 류현주 외
○ 어서와 주식투자는 처음이지 / 김태경 외 ○ 바디 밸런스 /
윤홍일 외 ○ 일은 삶이다 / 임영호 ○ 일본의 침략근성 / 이승만
○ 뇌의 혁명 / 김일식 ○ 멀어질 때 빛나는: 인도에서 / 유림

행복우물 출판사는 재능있는 작가들의 원고투고를 기다립니다
(원고투고) contents@happypress.co.kr